# 好朋友傳說

文‧圖 / 李芝殷

譯 / 葛增娜

你們又來聽我說好玩的故事啦？
那我說一個好了。
很久很久以前，
有一隻脾氣很壞的老虎。

給我好吃的，我就不吃你。

他又來了。

我們走吧。

那個看起來很好吃。

給我好吃的，我就不吃你！

你又來鬧事嗎？

哼，才不是。

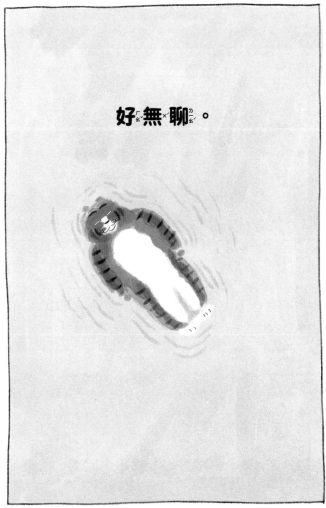

刺痛

抓一抓

起來。

快起來啦！

一大早吵死人了。
誰啊？

這裡！
這裡！

我在這裡！

小ㄒㄧㄠˇ黃ㄏㄨㄤˊ，你ㄋㄧˇ是ㄕˋ誰ㄕㄟˊ？

這ㄓㄜˋ裡ㄌㄧˇ是ㄕˋ哪ㄋㄚˇ？

？

拉ㄌㄚ
扯ㄔㄜˇ

媽ㄇㄚ
呀ㄧㄚ
！

怎ㄗㄣˇ麼ㄇㄜ拔ㄅㄚˊ不ㄅㄨˋ掉ㄉㄧㄠˋ？
你ㄋㄧˇ是ㄕˋ誰ㄕㄟˊ？

喂ㄨㄟˋ！

咻

呼ㄏㄨ呼ㄏㄨ，
甩ㄕㄨㄞ不ㄅㄨ掉ㄉㄧㄠˋ。

天ㄊㄧㄢ啊ㄚ！我ㄨㄛˇ覺ㄐㄩㄝˊ得ㄉㄜ
頭ㄊㄡˊ昏ㄏㄨㄣ眼ㄧㄢˇ花ㄏㄨㄚ。

你怎麼這樣？
我的花瓣差點都掉光了！

立刻
離開我的尾巴！

尾巴？
這是你的尾巴？

小黃黏在我身上嗎？

是你黏在
我身上。

我一定會把你甩掉。

大家好。

浣熊們，快閃。

閃晃

他又來了。

在那裡呢。

高舉！

給我好吃的，我會感謝你！

是ㄕ尾ㄨㄟ巴ㄅㄚ花ㄏㄨㄚ！

大ㄉㄚ家ㄐㄧㄚ好ㄏㄠ。

你ㄋㄧ好ㄏㄠ。

尾ㄨㄟ巴ㄅㄚ上ㄕㄤ竟ㄐㄧㄥ然ㄖㄢ
開ㄎㄞ花ㄏㄨㄚ了ㄌㄜ。

是ㄕ鮮ㄒㄧㄢ黃ㄏㄨㄤ色ㄙㄜ呢ㄋㄜ。

下去吧！

我怕高。

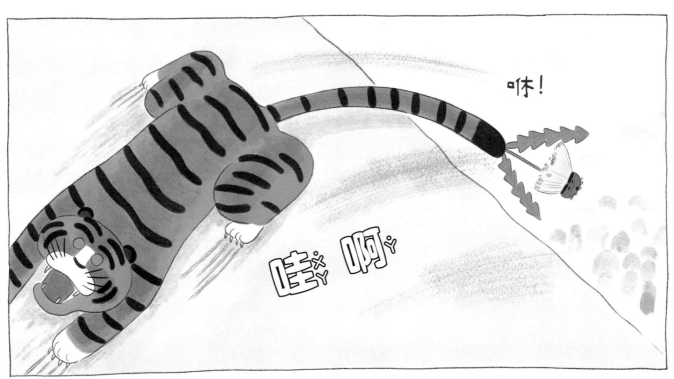

咻！

哇啊

再一點，再多一點！

抱起

謝謝。

你怎麼這樣？我差點死掉了！

不是活得好好的。

抱緊緊

老虎哥哥，
謝謝你。

鞠躬

哥？喔，嗯……

算了，不要再來煩我

bye - bye

做ㄗㄨㄛˋ得ㄉㄜ好ㄏㄠˇ，小ㄒㄧㄠˇ黃ㄏㄨㄤˊ。

你ㄋㄧˇ再ㄗㄞˋ那ㄋㄚˋ麼ㄇㄜ˙做ㄗㄨㄛˋ，我ㄨㄛˇ不ㄅㄨˊ會ㄏㄨㄟˋ原ㄩㄢˊ諒ㄌㄧㄤˋ你ㄋㄧˇ。

懶洋洋

請問一下！

呼嚕

小橋不見了，
我們要過去那裡，
請幫幫我們。

真糟糕……

明天再過河。

好聞的味道

嗷ㄠ嗷ㄠ嗷ㄠ嗷ㄠ嗷ㄠ嗚ㄨ

又香又甜 甜滋滋 又甜又香 香噴噴

香噴噴　甜滋滋

吃美食竟然不找我。

吼吼吼吼

小黃，
冷靜一點。

本來打算準備好了，
再請你過來。

浣熊

呱呱

喵

汪

再<sub>ㄗㄞˋ</sub>見<sub>ㄐㄧㄢˋ</sub>!

呱<sub>ㄍㄨㄚ</sub> 呱<sub>ㄍㄨㄚ</sub> 浣<sub>ㄏㄨㄢˋ</sub>熊<sub>ㄒㄩㄥˊ</sub>

夕陽西下

我們兩個 都變白了。

你的臉變得皺巴巴的。

我的天啊。

我們超帥的！

毛竟然變成白色的。

再玩得瘋一點！

快跑！

喔耶！

哇！

哈哈哈哈

尾巴花，我們今天征服那座山好了！

嗯……好。

呼，我再睡一下。

為什麼一直發抖？

我突然覺得好冷。

現在好點了嗎？

好溫暖。

最近怎麼老是睡覺？

不知道，一直很想睡。

今天晚上去散步好嗎？

點頭

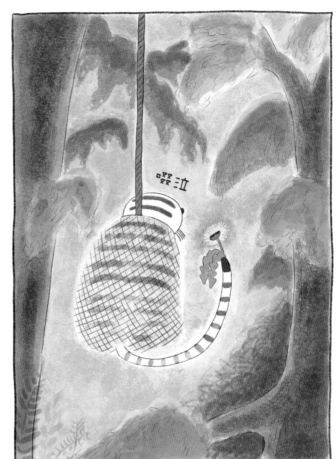

不要哭，一一定有辦法。

一一定有辦法⋯⋯

小黃，我們玩遊戲吧。

被綁得死死的，
怎麼玩遊戲？

「呼」的向對方
吹氣，誰先閉
眼睛就輸了。

感覺
很好玩。

來，那我先喔。

好啊。

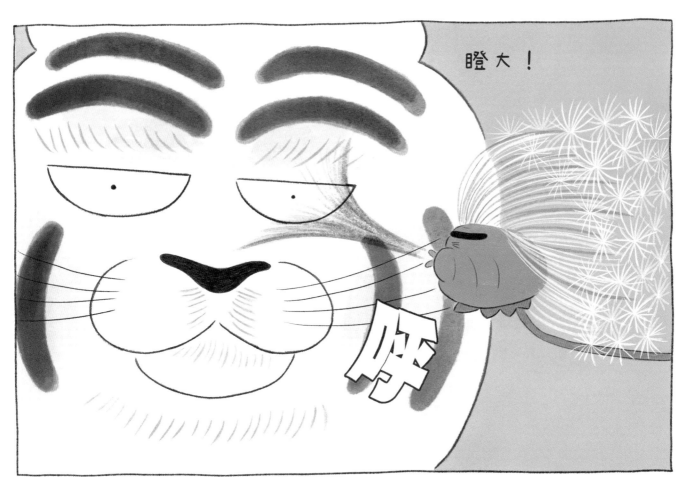

朋友嗎？對，我們是朋友。

就算是朋友，我也不會手下留情。瞪大眼睛喔，嘻嘻。

儘管放馬過來！

做得好，老虎。
我的好朋友。

糟糕了！

以-後ㄏㄡˋ我ㄨˇ們ㄇㄣ˙都ㄉㄡ是ㄕˋ朋ㄆㄥˊ友ㄧㄡˇ吧ㄅㄚ˙？

之後，一到溫暖的日子，
聽說花像雪一般飄下來時，
雪虎就會出現。

你問我尾巴花怎麼樣了嗎？
這個就交給你來想。
好久不見的朋友來找我，
我得趕緊出門了。

圖·文 이지은 李芝殷

創作這本繪本的時候，陪伴我 15 年的毛小孩 - 平安，離開了我身邊。
平安離開之後，慢慢地又開啟了新的生活。
分離似乎會帶來另一個世界。
「我會和你讓我遇到的新朋友好好相處，
我們開心地玩耍後再次相遇吧。
平安，我們曾經是好朋友吧？ 謝謝你。」

從這裡進去。

繪本 0300

# 好朋友傳說

文·圖｜李芝殷　譯｜葛增娜

責任編輯｜張佑旭　封面設計｜邵易謹、王瑋薇　美術設計｜王瑋薇、邵易謹　行銷企劃｜溫詩潔、翁郁涵

天下雜誌群創辦人｜殷允芃　董事長兼執行長｜何琦瑜

兒童產品事業群

副總經理｜林彥傑　總編輯｜林欣靜　主編｜陳毓書　版權主任｜何晨瑋、黃微真

出版者｜親子天下股份有限公司　地址｜台北市 104 建國北路一段 96 號 4 樓

電話｜（02）2509-2800　傳真｜（02）2509-2462　網址｜www.parenting.com.tw

讀者服務專線｜（02）2662-0332　週一～週五：09:00~17:30

傳真｜（02）2662-6048　客服信箱｜bill@cw.com.tw

法律顧問｜台英國際商務法律事務所·羅明通律師

製版印刷｜中原造像股份有限公司

總經銷｜大和圖書有限公司　電話：（02）8990-2588

出版日期｜2022 年 7 月第一版第一次印行

定價｜420 元　書號｜BKKP0300P　ISBN｜978-626-305-239-0（精裝）

訂購服務 ───────────────────────

親子天下 Shopping｜shopping.parenting.com.tw

海外·大量訂購｜parenting@cw.com.tw

書香花園｜台北市建國北路二段 6 巷 11 號　電話（02）2506-1635

劃撥帳號｜50331356　親子天下股份有限公司

國家圖書館出版品預行編目（CIP）資料

好朋友傳說 / 李芝殷文·圖；葛增娜譯.
-- 第一版. -- 臺北市：親子天下股份有限公司, 2022.07
72面；21×27公分. -- (繪本；300) 注音版
譯自：친구의 전설
ISBN 978-626-305-239-0(精裝)
1.SHTB: 友情--3-6歲幼兒讀物
862.599　　　　　　　　111007044

立即購買 >

我想換我孤寂的顏色。

啵